감정을 안아 주는 말
따라 쓰기

이현아 글 한연진 그림

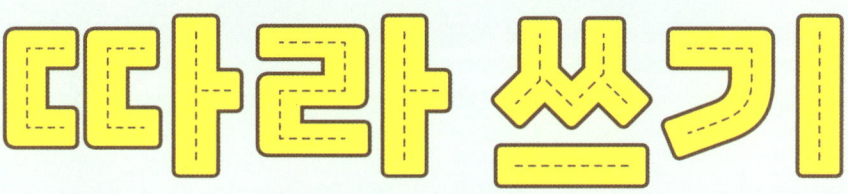

한빛에듀

일러두기
이 책에 나온 '어린이를 위한 무드미터'는 예일대 감정 지능 센터의
'무드미터(Mood Meter)'를 참고하여, 이현아 선생님이 어린이 눈높
이에 맞춰 재구성한 것입니다.

하루 15분,
우리 아이 감정 표현이 달라지는 마법

아이들의 하루는 다양한 감정으로 가득 차 있습니다. 기쁨과 슬픔, 설렘과 실망까지 다채로운 감정의 스펙트럼이 펼쳐지지요. 하지만 이런 감정을 어떻게 표현해야 할지 몰라 혼란스럽기도 합니다.

『감정을 안아 주는 말 따라 쓰기』는 이럴 때 아이들에게 섬세한 감정 언어를 선물합니다. 이 책은 단순한 필사책이 아닌, 자신의 감정을 정확하게 이해하고 표현하도록 돕는 탁월한 안내서입니다. 아이들의 감정 지능 발달을 도울 수 있도록 다음의 3가지를 이 책에 담았습니다.

1. 감정 일기: 마음을 비추는 거울

매일 15분, 감정 일기를 쓰면서 자신의 마음을 안전하게 들여다보는 법을 배우게 해 주세요. 먼저 '어린이를 위한 무드미터'에 있는 36가지 감정을 토대로 오늘 내 감정에 꼭 맞는 단어를 찾아 보세요. 그리고 내 감정 단어 페이지를 펼쳐서 글과 그림을 살펴본 후, 감정 언어를 활용해서 일기를 써 보세요. 감정 일기를 통해서 내 마음을 알맞은 단어로 건강하게 표

현하는 힘을 기를 수 있습니다.

2. 따라 쓰기: 어휘력을 확장하는 36가지 감정의 팔레트

감정 단어를 배우는 것은 더 많은 색깔의 크레파스를 손에 쥐는 것과 같습니다. 빨강, 노랑, 파랑 세 가지 색만으로는 풍부한 색감을 표현할 수 없듯이, 두세 개의 감정 단어로는 복잡한 마음을 표현할 수 없습니다. 이 책은 아이들에게 36가지 감정의 팔레트를 선물합니다. '화나다'가 '겁나다', '분노하다', '불안하다'로 세분화되고, '기쁘다'가 '감격하다', '벅차오르다', '자랑스럽다'로 확장되면서, 자신의 감정을 더욱 정확하고 풍부하게 표현할 수 있습니다.

3. 감정 문해력 향상: 건강한 관계를 위한 든든한 뿌리

감정 문해력은 자신과 타인의 감정을 정확하게 읽고 이해하는 능력입니다. 이는 단순히 감정을 인식하는 것을 넘어서 그 감정의 맥락과 의미를 이해하고 적절하게 반응하며, 타인의 감정에 공감하는 능력을 포함합니

다. 감정을 안아 주는 말들을 따라 쓰면서, 아이들은 다양한 감정 상황에서 어떻게 소통해야 하는지 자연스럽게 배웁니다. 감정 문해력의 향상은 자기 이해와 타인에 대한 공감으로 이어져서, 건강한 관계를 맺는 튼튼한 뿌리가 되어 줄 것입니다.

하루 15분, 작은 실천이 가져오는 변화는 놀랍습니다. 처음에는 서툴게 몇 줄 적던 아이들이 점차 자신의 감정을 건강하게 표현하고, 또래 관계에서도 따뜻한 리더십을 발휘하며 눈부시게 성장할 것입니다.

대한민국 거실과 교실 구석구석에서 우리 아이들이 감정 문해력을 키워 나가는 데 이 책이 귀하게 쓰이기를 소망합니다.

이현아

이렇게 활용하세요

1. 어린이를 위한 무드미터를 보고 오늘의 내 감정을 찾아 보세요. 내 감정을 찾는 법은 뒤 페이지에 자세히 나와 있어요.(8p)

2. 차례를 보고(10p), 오늘 내 감정 단어에 맞는 페이지를 펼쳐 보세요.

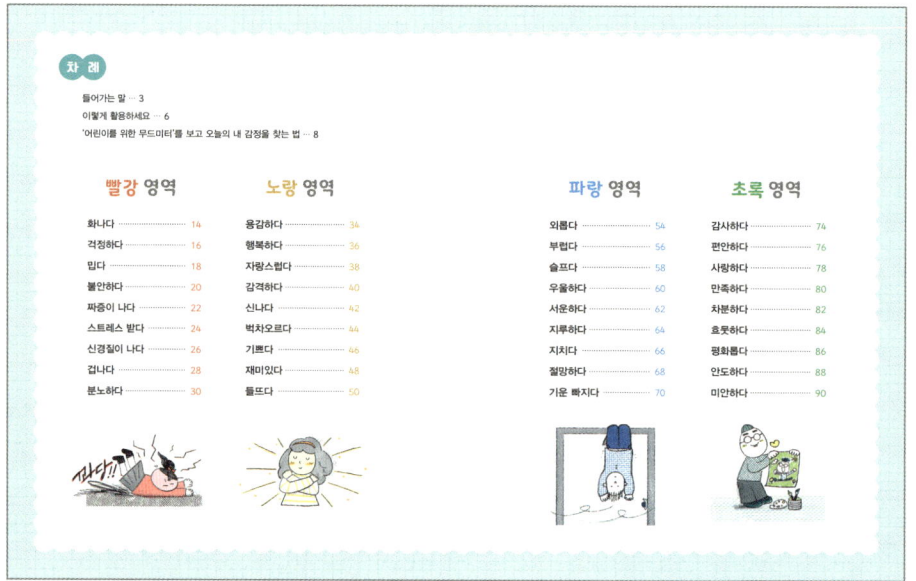

3. 왼쪽 페이지의 글과 그림을 살펴본 후, 감정 일기를
   써 보세요. 어떤 상황에서 그런 감정이 들었는지,
   내 몸은 어떤 상태였는지 등을 적어 보세요.

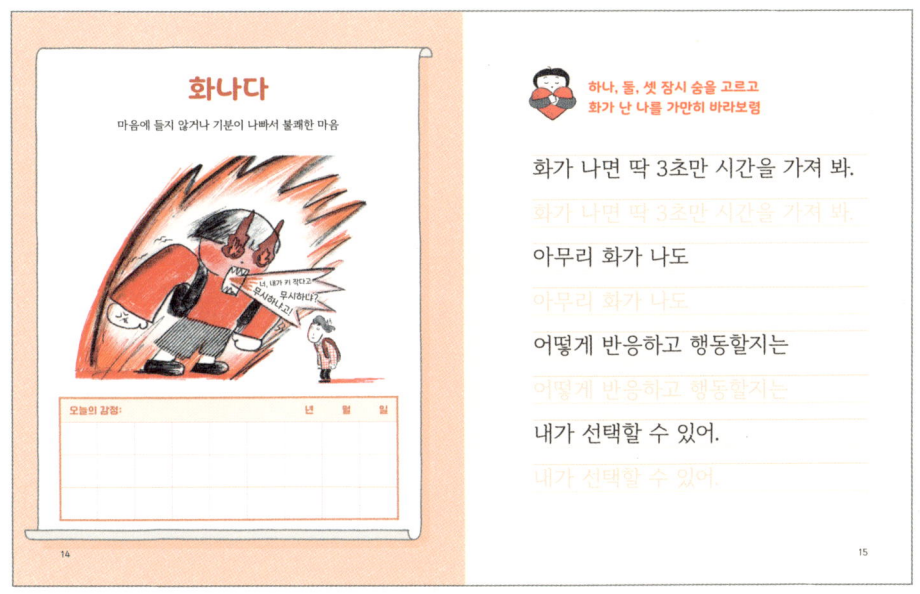

4. 오른쪽 페이지에 오늘의 내 감정을 안아 주는 말
   을 따라 써 보세요. 소리 내어 읽어 봐도 좋아요.

만약 무드미터에 오늘의 내 감정이 없다면, 활용 페이지(92~95p)를 펼쳐서 스스로 내 감정에 이름을 짓고, 감정을 안아 주는 말을 작성해 봐도 좋아요.

'어린이를 위한 무드미터'를 보고 오늘의 내 감정을 찾는 법

1. 가로축을 살펴보며 오늘 내가 편안한 상태인지 생각해 보세요. 불편한 상황이라면 왼쪽의 빨강 영역과 파랑 영역을, 긍정적인 상황이라면 오른쪽의 노랑 영역과 초록 영역을 눈여겨보세요.

2. 세로축을 살펴보며 오늘 내가 기운이 있는 상태인지 느껴 보세요. 내 에너지가 높을수록 위쪽에 있는 감정을 살펴보면 되고, 힘이 없고 축 처질수록 아래쪽의 감정을 살펴보면 돼요.

3. 내 감정의 색깔 영역을 찾았다면 이번에는 각 감정의 표정을 살펴보고 공감되는 감정 단어를 찾아 보세요.

오늘 나에게 딱 맞는 감정을 찾았나요?

어린이를 위한 무드미터

차례

들어가는 말 … 3
이렇게 활용하세요 … 6
'어린이를 위한 무드미터'를 보고 오늘의 내 감정을 찾는 법 … 8

빨강 영역

화나다 …………………… 14
걱정하다 ………………… 16
밉다 ……………………… 18
불안하다 ………………… 20
짜증이 나다 ……………… 22
스트레스 받다 …………… 24
신경질이 나다 …………… 26
겁나다 …………………… 28
분노하다 ………………… 30

노랑 영역

용감하다 ………………… 34
행복하다 ………………… 36
자랑스럽다 ……………… 38
감격하다 ………………… 40
신나다 …………………… 42
벅차오르다 ……………… 44
기쁘다 …………………… 46
재미있다 ………………… 48
들뜨다 …………………… 50

파랑 영역

외롭다 ·················· 54
부럽다 ·················· 56
슬프다 ·················· 58
우울하다 ················ 60
서운하다 ················ 62
지루하다 ················ 64
지치다 ·················· 66
절망하다 ················ 68
기운 빠지다 ············· 70

초록 영역

감사하다 ················ 74
편안하다 ················ 76
사랑하다 ················ 78
만족하다 ················ 80
차분하다 ················ 82
흐뭇하다 ················ 84
평화롭다 ················ 86
안도하다 ················ 88
미안하다 ················ 90

무드미터
··········
빨강 영역

무드미터 빨강 영역에는 화, 미움, 불안, 걱정과 같은 감정들이 있어요.
긴장하거나 흥분한 상태에서 불편한 상황을 만나면 경험하는 감정들이에요.
화가 머리끝까지 차올라서 호흡이 가빠진 적이 있나요? 실수할까 봐 불안해서
몸이 뻣뻣하게 굳고 심장이 빠르게 뛴 적도 있을 거예요.
이럴 때 내 감정을 안아 주는 말을 따라 써 보세요.

화나다

마음에 들지 않거나 기분이 나빠서 불쾌한 마음

오늘의 감정:				년	월	일

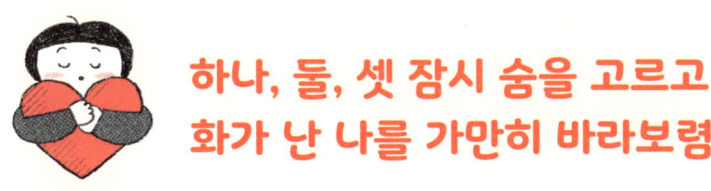
**하나, 둘, 셋 잠시 숨을 고르고
화가 난 나를 가만히 바라보렴**

화가 나면 딱 3초만 시간을 가져 봐.

화가 나면 딱 3초만 시간을 가져 봐.

아무리 화가 나도

아무리 화가 나도

어떻게 반응하고 행동할지는

어떻게 반응하고 행동할지는

내가 선택할 수 있어.

내가 선택할 수 있어.

걱정하다

안심이 되지 않아서 편하지 않고 속이 타는 마음

오늘의 감정:			년	월	일

 **부정적인 '어떡하지'에 먹이를 준 만큼 긍정적인 '어떡하지'에도 먹이를 주자**

혹시 알아?

혹시 알아?

생각했던 것보다 훨씬 괜찮을지?

생각했던 것보다 훨씬 괜찮을지?

긍정적인 생각을

긍정적인 생각을

하나씩 키워 나가는 거야.

하나씩 키워 나가는 거야.

밉다

어떤 부분이 마음에 들지 않거나 눈에 거슬려서 뾰족해지는 마음

오늘의 감정:					년	월	일

 **내 안에 있는 좋은 마음을 선택해 봐**

미워하는 감정을 있는 그대로

미워하는 감정을 있는 그대로

인정하고 잠깐 오롯이 느껴 봐.

인정하고 잠깐 오롯이 느껴 봐.

대신 조금 힘이 차오르면

대신 조금 힘이 차오르면

내 안에 있는 좋은 마음을 선택해 봐.

내 안에 있는 좋은 마음을 선택해 봐.

불안하다

걱정스럽거나 초조해서 편안하지 않은 마음

오늘의 감정:					년	월	일

 **실수는 오히려 새로운 시작점이 될 수 있어
거기서부터 다시 출발해 보자**

실수했다면

실수했다면

"오히려 좋아!"라고 말해 보렴.

"오히려 좋아!"라고 말해 보렴.

실수는 새로운 시작점이 될 수 있어.

실수는 새로운 시작점이 될 수 있어.

거기서부터 다시 출발해 보자.

거기서부터 다시 출발해 보자.

짜증이 나다

마음에 꼭 들지 않고 성가셔서 발칵 북받치는 마음

오늘의 감정:				년	월	일

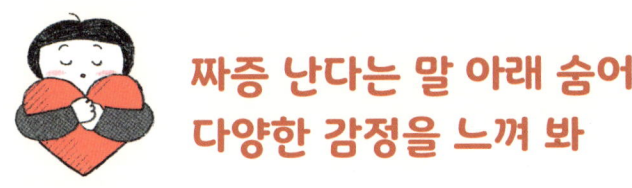
짜증 난다는 말 아래 숨어 있는
다양한 감정을 느껴 봐

감정은 알록달록 올록볼록해.

감정은 알록달록 올록볼록해.

짜증 난다는 말로 뭉뚱그리지 말고

짜증 난다는 말로 뭉뚱그리지 말고

그 아래 숨어 있는

그 아래 숨어 있는

다양한 감정을 느껴 봐.

다양한 감정을 느껴 봐.

스트레스 받다

적응하기 어려운 상황에 긴장되는 마음

오늘의 감정: 　　　　　　　　　　　　년　월　일

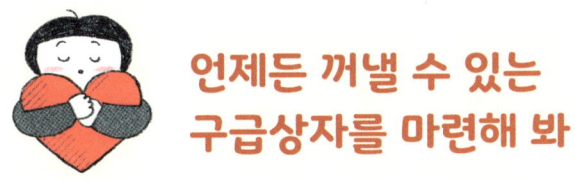 **언제든 꺼낼 수 있는 구급상자를 마련해 봐**

나만의 구급상자 안에 담아 둔

나만의 구급상자 안에 담아 둔

내가 아끼는 인형,

내가 아끼는 인형,

오래도록 쓴 읽기를 꺼내서 보면

오래도록 쓴 읽기를 꺼내서 보면

어느새 마음이 사르르 녹을 거야.

어느새 마음이 사르르 녹을 거야.

신경질이 나다

신경이 예민해서 사소한 일에도 흥분하는 마음

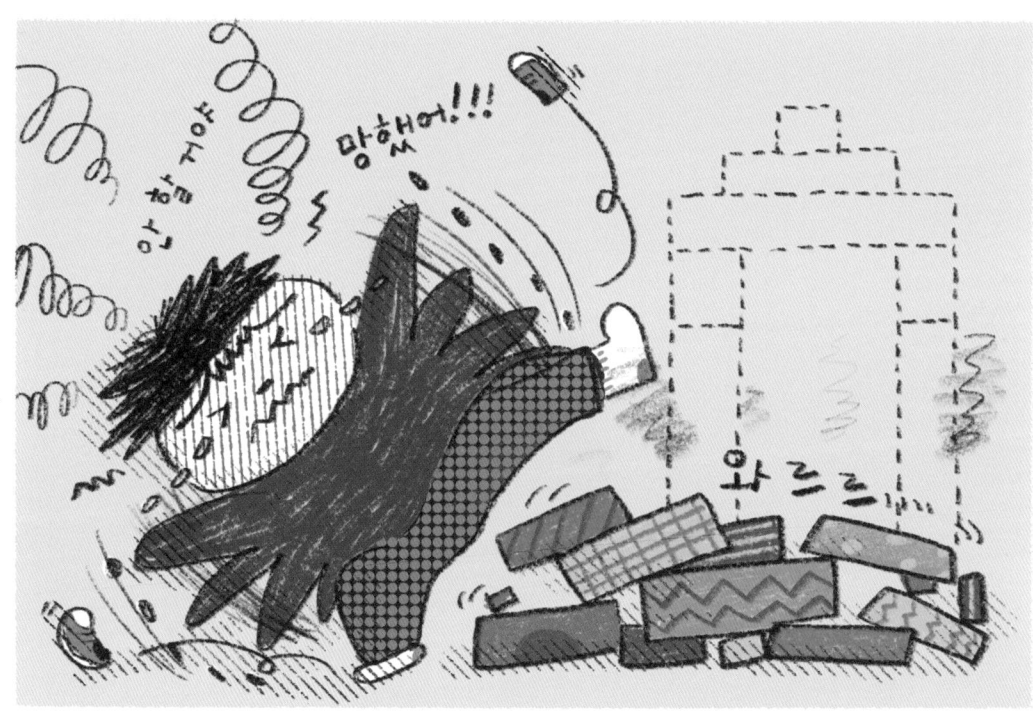

오늘의 감정:						년	월	일

 **몸과 마음이 보내는 신호를 무시하지 마**

신경질이 나면 몸과 마음에

신경질이 나면 몸과 마음에

휴식이 필요하다는 신호가 온 거야.

휴식이 필요하다는 신호가 온 거야.

좋아하는 음식을 먹고 푹 쉬고 나면

좋아하는 음식을 먹고 푹 쉬고 나면

마음이 한결 부드러워질 거야.

마음이 한결 부드러워질 거야.

겁나다

무섭고 두려워하는 마음

오늘의 감정:　　　　　　　　　　　　년　　월　　일

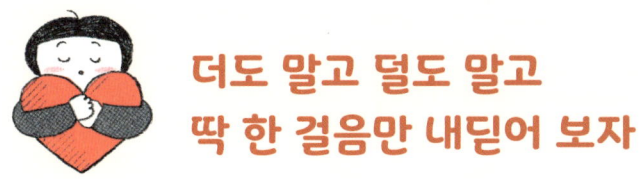
더도 말고 덜도 말고
딱 한 걸음만 내딛어 보자

겁이 날 때는 딱 한 걸음만

겁이 날 때는 딱 한 걸음만

발을 앞으로 내딛어 봐.

발을 앞으로 내딛어 봐.

그 한 걸음이 나에게

그 한 걸음이 나에게

새로운 길을 만들어 줄 거야.

새로운 길을 만들어 줄 거야.

분노하다

분개하여 몹시 성을 내는 마음

오늘의 감정:					년	월	일

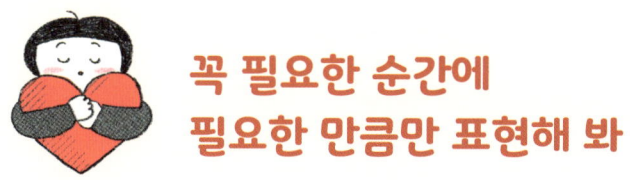
**꼭 필요한 순간에
필요한 만큼만 표현해 봐**

분노는 염산처럼 강렬해서

분노는 염산처럼 강렬해서

때로 나 자신과 상대방을 아프게 해.

때로 나 자신과 상대방을 아프게 해.

그러니 꼭 필요한 순간에

그러니 꼭 필요한 순간에

필요한 만큼만 지혜롭게 표현해 보자.

필요한 만큼만 지혜롭게 표현해 보자.

무 드 미 터
....
노랑 영역

무드미터 노랑 영역에는 행복, 자랑스러움,
용감함과 같은 감정들이 있어요. 활기차고 의욕이 있는 상태에서
긍정적인 상황을 만났을 때 경험하는 감정들이에요.
어제보다 조금 더 나아진 나를 발견했을 때, 일상에서
기쁨을 발견하고 싶을 때 내 감정을 안아 주는 말을 따라 써 보세요.

용감하다

용기가 있고 씩씩하며 굳센 기운이 있는 마음

오늘의 감정:　　　　　　　　　년　　　월　　　일

 **졌다고 솔직하게 인정하는 것도
용감한 거야**

난 이미 충분히 용감한 아이야.

난 이미 충분히 용감한 아이야.

오늘 내가 보낸 하루에도

오늘 내가 보낸 하루에도

구석구석 다채로운 색깔의

구석구석 다채로운 색깔의

용감함이 있어.

용감함이 있어.

행복하다

생활 속에서 기쁨과 만족감을 느껴서 흐뭇한 마음

오늘의 감정:						년	월	일

 **행복에도 연습이 필요해**

행복은 특별한 순간이 아니라

행복은 특별한 순간이 아니라

일상 여기저기 작은 순간에

일상 여기저기 작은 순간에

숨어 있어. 발견하는 사람이

숨어 있어. 발견하는 사람이

그 행복의 주인이 되는 거야.

그 행복의 주인이 되는 거야.

자랑스럽다

남에게 보여 주고 칭찬받고 싶을 만큼 훌륭하다고 느끼는 마음

오늘의 감정:						년	월	일

 **나를 가장 자랑스러워하는 1호 팬은
바로 나 자신이야**

내가 나 자신을 인정해 주면

내가 나 자신을 인정해 주면

힘이 솟아나.

힘이 솟아나.

나를 가장 자랑스러워하는

나를 가장 자랑스러워하는

1호 팬은 바로 나 자신이야.

1호 팬은 바로 나 자신이야.

감격하다

깊이 느끼어 크게 감동하는 마음

오늘의 감정:　　　　　　　　　　년　　월　　일

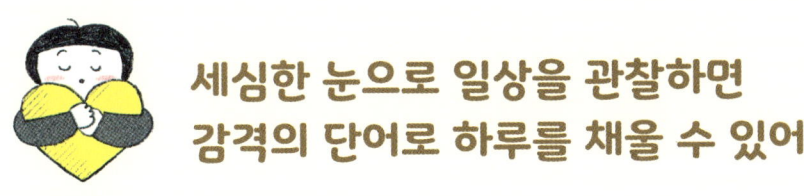
**세심한 눈으로 일상을 관찰하면
감격의 단어로 하루를 채울 수 있어**

특별한 곳에 가지 않아도 괜찮아.
특별한 곳에 가지 않아도 괜찮아.

엄청난 일이 생기지 않아도 좋아.
엄청난 일이 생기지 않아도 좋아.

바로 지금, 오늘 여기에서
바로 지금, 오늘 여기에서

감격의 단어로 하루를 채울 수 있어.
감격의 단어로 하루를 채울 수 있어.

신나다

흥미나 열성이 생겨서 기분이 좋아지는 마음

오늘의 감정:					년	월	일

 **일상 속에서 나를 신나게 하는 것이 무엇인지 발견해 봐**

나도 모르게 눈이

나도 모르게 눈이

반짝이는 순간은 언제일까?

반짝이는 순간은 언제일까?

일상 속에서 나를 신나게 하는 것이

일상 속에서 나를 신나게 하는 것이

무엇인지 발견해 봐.

무엇인지 발견해 봐.

벅차오르다

큰 감격이나 기쁨으로 뿌듯해지는 마음

오늘의 감정:　　　　　　　　　　　년　월　일

 **무엇이 내 가슴이 벅차오르게 할까?**

무엇이 내 가슴이 벅차오르게 할까?

무엇이 내 가슴이 벅차오르게 할까?

나를 벅차오르게 하는 그 일을

나를 벅차오르게 하는 그 일을

꾸준히 시도해 보고,

꾸준히 시도해 보고,

아낌없이 도전해 봐.

아낌없이 도전해 봐.

기쁘다

욕구가 충족되어 흐뭇하고 흡족한 마음

오늘의 감정:　　　　　　　　　　년　　월　　일

 **기쁠 때는 마음껏 기쁨을 표현해 봐**

기쁠 때는 얼굴을 활짝 펴고

기쁠 때는 얼굴을 활짝 펴고

마음껏 웃어 봐.

마음껏 웃어 봐.

온몸과 표정으로

온몸과 표정으로

기쁨을 표현해 봐.

기쁨을 표현해 봐.

재미있다

아기자기하게 즐겁고 유쾌한 마음

오늘의 감정:　　　　　　　　　　　　　년　　월　　일

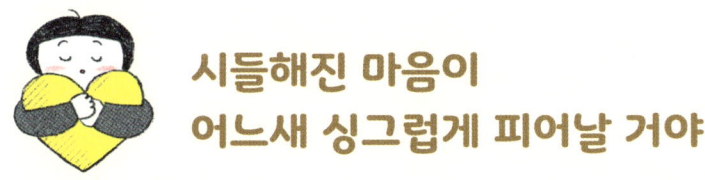

시들해진 마음이
어느새 싱그럽게 피어날 거야

재미있는 걸 발견하면

재미있는 걸 발견하면

아주 작은 것도 놓치지 말고

아주 작은 것도 놓치지 말고

실컷 웃으면서 즐겨 봐.

실컷 웃으면서 즐겨 봐.

마음이 싱그럽게 피어날 거야.

마음이 싱그럽게 피어날 거야.

들뜨다

조금 흥분되어서 가라앉지 않고 들썩이는 마음

오늘의 감정:						년	월	일

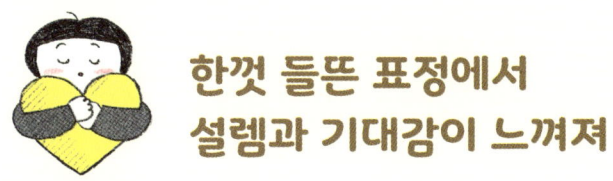 **한껏 들뜬 표정에서
설렘과 기대감이 느껴져**

들뜨는 마음이 드는 건 그만큼 내가

들뜨는 마음이 드는 건 그만큼 내가

소중하게 생각하는 일이라는 뜻이야.

소중하게 생각하는 일이라는 뜻이야.

그 설렘과 기대감을 충분히 느끼면서

그 설렘과 기대감을 충분히 느끼면서

침착하게 한 걸음씩 나아가 보자.

침착하게 한 걸음씩 나아가 보자.

무드미터
....
파랑 영역

무드미터 파랑 영역에는 외로움, 부러움, 슬픔,
서운함과 같은 감정들이 있어요. 지치고 힘이 빠진 상태에서
불편한 상황을 만났을 때 경험하는 감정들이에요.
소외감을 느낄까 봐 불안하고 외로움이 밀려온 적이 있나요?
슬퍼도 울지 않으려고 꾹 참기만 한 적도 있을 거예요.
이럴 때 내 감정을 안아 주는 말을 따라 써 보세요.

외롭다

혼자 있거나 의지할 대상이 없어서 고독하고 쓸쓸한 마음

오늘의 감정:					년	월	일

 **외로움은 나 자신과 친구가 될 기회야**

외로움은 나 자신과

외로움은 나 자신과

친구가 될 기회야.

친구가 될 기회야.

나와 만나서 내 말에 귀를 기울이면

나와 만나서 내 말에 귀를 기울이면

허전했던 마음이 통통히 채워질 거야.

허전했던 마음이 통통히 채워질 거야.

부럽다

다른 사람의 좋은 일을 보고 나도 그렇게 되고 싶다고 바라는 마음

오늘의 감정:　　　　　　　　　　　　　　년　월　일

 **부럽다는 건, 내가 되고 싶은 모습을 발견하는 기회야**

부럽다는 건, 내가 되고 싶은 모습을

부럽다는 건, 내가 되고 싶은 모습을

발견하는 기회야.

발견하는 기회야.

부러움이라는 화살표의 방향을

부러움이라는 화살표의 방향을

나에게로 맞춰 봐.

나에게로 맞춰 봐.

슬프다

서럽거나 불쌍해서 괴롭고 아픈 마음

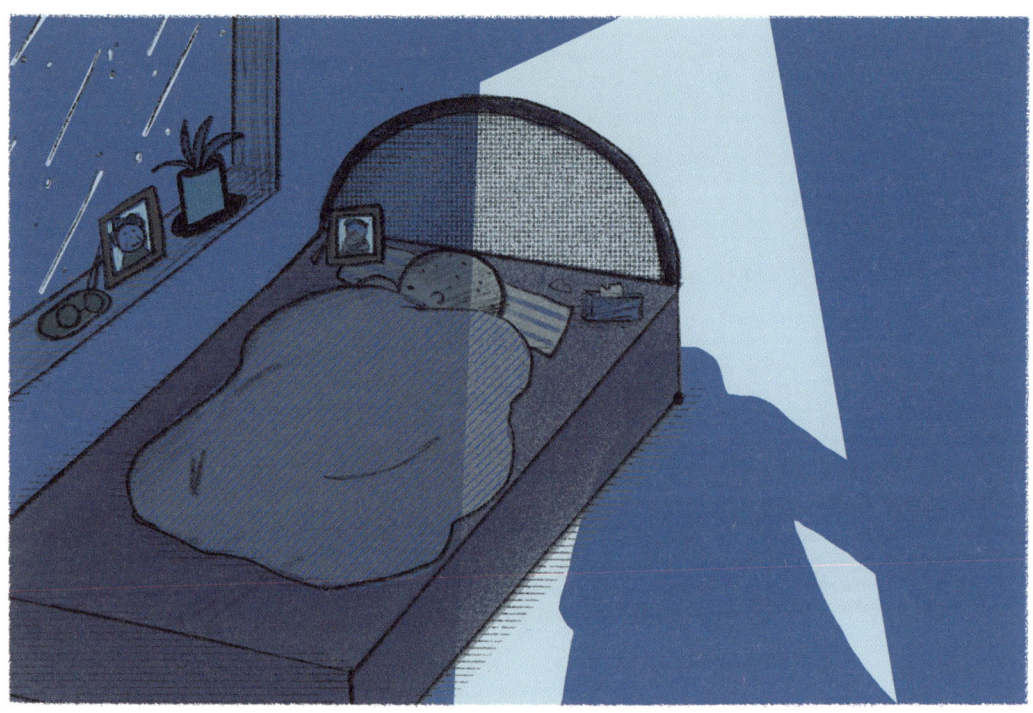

오늘의 감정: 　　　　　　　　　　　　　년　　　월　　　일

**슬플 때는 마음껏 눈물 흘리며
울어도 괜찮아**

마음껏 울고 나면

마음껏 울고 나면

슬픔이 씻겨 내려가고

슬픔이 씻겨 내려가고

그 자리에 사랑과 그리움이 남아서

그 자리에 사랑과 그리움이 남아서

나를 꼭 안아 줄 거야.

나를 꼭 안아 줄 거야.

우울하다

근심스럽거나 답답해서 활기가 없는 마음

오늘의 감정:　　　　　　　　　　　　년　월　일

 **우울해서 힘이 나지 않을 때는
내가 이루어 낸 작은 성취에 집중해 봐**

오늘 내가 작은 일을

오늘 내가 작은 일을

스스로 해냈다는 보람과

스스로 해냈다는 보람과

조금씩 앞으로 나아가고 있다는

조금씩 앞으로 나아가고 있다는

기쁨을 느낄 수 있으면 충분해.

기쁨을 느낄 수 있으면 충분해.

서운하다

마음에 차지 않아서 아쉽거나 섭섭한 마음

오늘의 감정:　　　　　　　　　년　　월　　일

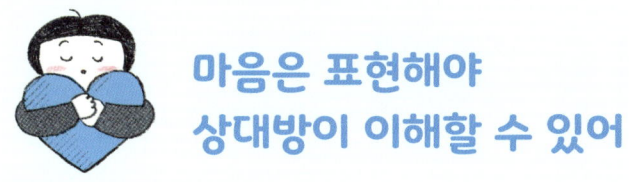

**마음은 표현해야
상대방이 이해할 수 있어**

마음은 눈에 보이지 않기 때문에

마음은 눈에 보이지 않기 때문에

표현해야만 상대방이 이해할 수 있어.

표현해야만 상대방이 이해할 수 있어.

속마음을 말로 꺼내는 것만으로도

속마음을 말로 꺼내는 것만으로도

서운한 마음이 한결 누그러질 거야.

서운한 마음이 한결 누그러질 거야.

지루하다

같은 상태가 오래 계속되어 따분하고 싫증이 나는 마음

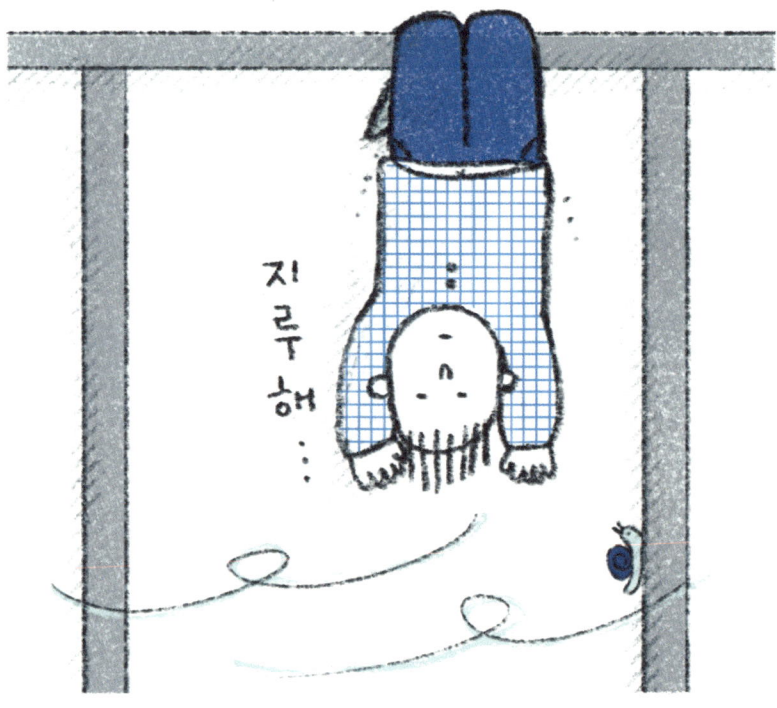

오늘의 감정:							년	월	일

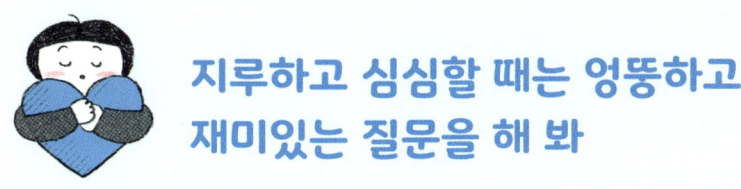 **지루하고 심심할 때는 엉뚱하고 재미있는 질문을 해 봐**

지루하고 심심할 때는

지루하고 심심할 때는

엉뚱하고 재미있는 질문을 해 봐.

엉뚱하고 재미있는 질문을 해 봐.

'만약에 내 자전거가

'만약에 내 자전거가

하늘을 날 수 있다면 어떨까?'

하늘을 날 수 있다면 어떨까?'

지치다

힘든 일을 하거나 시달려서 기운이 빠진 마음

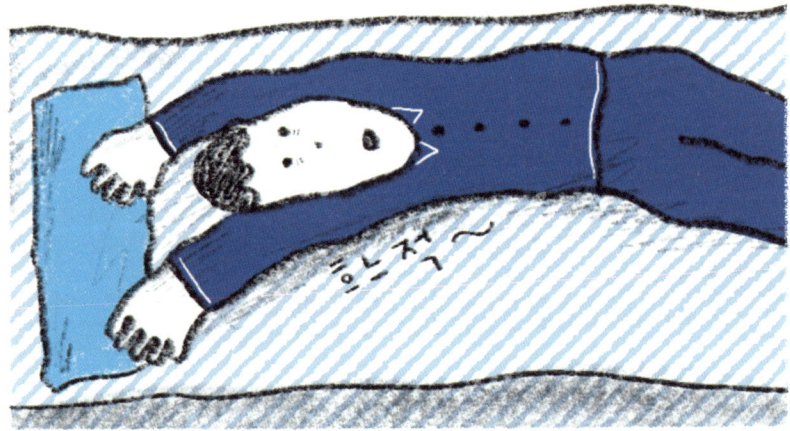

오늘의 감정:							년	월	일

 **지치고 힘들 때는 혼자서 끙끙거리지 말고
도움을 청해도 돼**

"요즘 힘이 들어.

나 좀 도와주면 좋겠어."

지치고 힘들 때는

믿을 만한 사람에게 손을 내밀어 봐.

절망하다

희망이 없어져서 체념하고 포기하는 마음

오늘의 감정:　　　　　　　　　　년　월　일

 **아무런 희망도 남지 않았다고 느낄 때,
애써 괜찮은 척하지 않아도 돼**

애써 괜찮은 척하지 않아도 돼.

애써 괜찮은 척하지 않아도 돼.

마음속에 작은 별 하나가

마음속에 작은 별 하나가

찬찬히 떠오를 때까지

찬찬히 떠오를 때까지

그 어둠 속에 가만히 머물러도 돼.

그 어둠 속에 가만히 머물러도 돼.

기운 빠지다

힘이 빠지고 의욕이 사라져서 무기력해지는 마음

오늘의 감정:					년	월	일

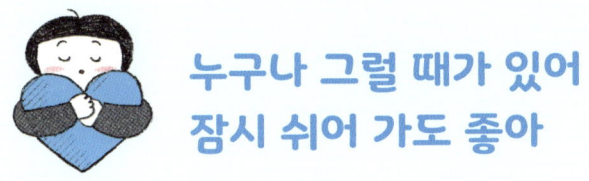
**누구나 그럴 때가 있어
잠시 쉬어 가도 좋아**

누구나 바람 빠진 공처럼

누구나 바람 빠진 공처럼

힘이 빠질 때가 있어.

힘이 빠질 때가 있어.

그럴 땐 잠시 쉬어 가도 좋아.

그럴 땐 잠시 쉬어 가도 좋아.

다시 신선한 힘이 차오를 거야.

다시 신선한 힘이 차오를 거야.

무드미터
··········
초록 영역

무드미터 초록 영역에는 감사, 흐뭇함, 편안함,
사랑과 같은 감정들이 있어요. 편안한 상태에서
긍정적인 상황을 만났을 때 경험하는 감정들이에요.
배려를 주고받고 싶을 때, 감사를 발견하고 싶을 때
내 감정을 안아 주는 말을 따라 써 보세요.

감사하다

다른 사람의 행동이나 말이 도움이 되어서 흐뭇하고, 즐겁고, 감동적인 마음

오늘의 감정:　　　　　　　　　　　년　　월　　일

 ### 감사는 꼬리에 꼬리를 물고 이어져

오늘 만난 사람 가운데 세 명에게

오늘 만난 사람 가운데 세 명에게

꼭 감사의 말을 전해 봐.

꼭 감사의 말을 전해 봐.

감사는 표현하는 사람과 받는 사람

감사는 표현하는 사람과 받는 사람

모두를 기분 좋게 만들어 줄 거야.

모두를 기분 좋게 만들어 줄 거야.

편안하다

편하고 걱정이 없어서 좋은 마음

오늘의 감정:				년	월	일

아무리 친한 사이라도 서로의 경계를 존중해야 편안하게 지낼 수 있어

아무리 가깝고

아무리 가깝고

오래된 사이라고 해도

오래된 사이라고 해도

서로의 마음을 살피고 배려해야

서로의 마음을 살피고 배려해야

편안한 관계를 유지할 수 있어.

편안한 관계를 유지할 수 있어.

사랑하다

누군가를 몹시 아끼고 위하며 소중히 여기는 마음

우리 집 구석구석에
엄마의 사랑이
묻어 있어!

오늘의 감정:					년	월	일

 ## 사랑의 흔적은 언제나 곁에 있어

사랑의 흔적을 발견하고

사랑의 흔적을 발견하고

온기를 쬐다 보면

온기를 쬐다 보면

어느새 내 마음이 갓 구운 빵처럼

어느새 내 마음이 갓 구운 빵처럼

동그랗게 부풀어 오를 거야.

동그랗게 부풀어 오를 거야.

만족하다

모자람이 없이 흡족하게 여기는 마음

오늘의 감정: 년   월   일

 **지금 이대로 충분히 만족스럽다고
나 자신에게 표현해 줘**

지금 이대로 충분히 만족스럽다고

지금 이대로 충분히 만족스럽다고

나 자신에게 표현해 줘.

나 자신에게 표현해 줘.

'난 내가 마음에 들어.'

'난 내가 마음에 들어.'

'오늘 충분히 잘했어.'

'오늘 충분히 잘했어.'

차분하다

들뜨지 않고 조용한 마음

오늘의 감정:						년	월	일

 **조용한 마음으로 차분하게
나 자신과 대화하는 시간을 가져 봐**

이따금 혼자만의 시간이 필요해.

이따금 혼자만의 시간이 필요해.

다른 누구도 아닌

다른 누구도 아닌

나 자신과 만나서

나 자신과 만나서

대화하는 시간을 가져 봐.

대화하는 시간을 가져 봐.

흐뭇하다

만족스러워 불만이 없는 마음

오늘의 감정:　　　　　　　　　　　년　　월　　일

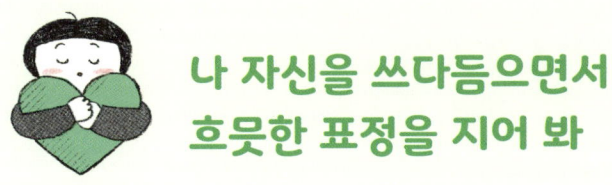 **나 자신을 쓰다듬으면서 흐뭇한 표정을 지어 봐**

내가 정성껏 키운 식물이

내가 정성껏 키운 식물이

마침내 꽃을 피웠을 때,

마침내 꽃을 피웠을 때,

나 자신을 쓰다듬으면서

나 자신을 쓰다듬으면서

흐뭇한 표정을 지어 봐.

흐뭇한 표정을 지어 봐.

평화롭다

평온하고 화목한 마음

오늘의 감정:　　　　　　　　　　년　　월　　일

 **평화로운 순간이 오면
잠깐 모든 것을 멈추고 오롯이 느껴 봐**

잠깐 모든 것을 멈추고

잠깐 모든 것을 멈추고

그 순간을 오롯이 느껴 봐.

그 순간을 오롯이 느껴 봐.

순간의 여운이 오래도록 남아

순간의 여운이 오래도록 남아

일상의 힘이 되어 줄 거야.

일상의 힘이 되어 줄 거야.

안도하다

걱정거리가 사라져서 긴장이 풀리고 편안해지는 마음

오늘의 감정:						년	월	일

 **그동안 걱정 많았을 텐데 다행이야**

마음에 무거운 짐이 있다가 사라지면

마음에 무거운 짐이 있다가 사라지면

숨을 깊게 들이쉬었다가 내쉬어 보자.

숨을 깊게 들이쉬었다가 내쉬어 보자.

잘 견디고 이겨 낸 지금의 경험이

잘 견디고 이겨 낸 지금의 경험이

앞으로 나에게 큰 힘이 될 거야.

앞으로 나에게 큰 힘이 될 거야.

미안하다

다른 사람에게 괴로움이나 폐를 끼쳐서 안타까운 마음

오늘의 감정:				년	월	일

 **진심 어린 사과는 잘못을 인정하고
행동의 방향을 바꾸는 거야**

진심 어린 사과는

진심 어린 사과는

상대방의 마음을 어루만지고

상대방의 마음을 어루만지고

나 자신에게도 평온함과 안정을

나 자신에게도 평온함과 안정을

가져다주는 소중한 기회란다.

가져다주는 소중한 기회란다.

오늘의 감정:　　　　　　　　　　　　　　　　　　　　년　　　월　　　일

나에게 들려주고 싶은
감정을 안아 주는 말을 써 보세요

오늘의 감정:　　　　　　　　　　　　　　　　년　　월　　일

나에게 들려주고 싶은
감정을 안아 주는 말을 써 보세요

이현아 글

16년 차 서울시 초등학교 교사이자 '좋아서하는어린이책연구회'의 대표. 초등 교육 멘토로서 마음을 단단하게 키우는 교육 콘텐츠를 나누며, 어린이 곁에서 좋은 관점을 지닌 글을 쓰는 사람. 학교 독서 교육 분야 교육부 장관상(2018)과 제5회 미래 교육상 최우수상(2019)을 수상했습니다. EBS〈미래교육 플러스〉〈교육 현장 속으로〉등에 출연해 독서 교육 방법을 소개했으며, 2015 개정 교육과정 미술 교과서를 집필했습니다. 아이스크림연수원의〈현아샘의 교실을 살리는 감정 수업〉을 비롯한 베스트 강좌로 5만 명이 넘는 교원 수강자와 만났으며, 학생, 교사, 양육자들의 마음에 힘을 주는 통로의 역할을 하고 있습니다. 쓴 책으로는『감정을 안아 주는 말』『어린이 마음 약국』『그림책 한 권의 힘』등이 있고,『그림책 디자인 도서관』『슬픔은 코끼리』등 30권 이상의 그림책을 우리말로 옮겼습니다.

인스타그램 @tongro.leehyeona

한연진 그림

지은 책으로『이상한 사파리』『호호호호박』『숨은 봄』『가을이 오리』『눈물문어』『끼리코』『옥두두두두』『빨강차 달린다』가 있고,『감정을 안아 주는 말』『우리 반 문병욱』에 그림을 그렸습니다.

초판 1쇄 발행 2025년 2월 20일

글 이현아　**그림** 한연진
펴낸이 김태헌　**총괄** 임규근　**책임편집** 정명순　**디자인** dal.e
영업 문윤식, 신희용, 조유미　**마케팅** 신우섭, 손희정, 박수미, 송수현　**제작** 박성우, 김정우
펴낸곳 한빛에듀　**주소** 서울특별시 서대문구 연희로2길 62 한빛미디어(주) 실용출판부
전화 02-336-7129　**팩스** 02-325-6300
등록 2015년 11월 24일 제2015-000351호　**ISBN** 979-11-6921-344-8 73800

이 책에 대한 의견이나 오탈자 및 잘못된 내용은 출판사 홈페이지나 아래 이메일로 알려 주십시오.
파본은 구매처에서 교환하실 수 있습니다. 책값은 뒤표지에 표시되어 있습니다.
한빛에듀 홈페이지 edu.hanbit.co.kr　**이메일** edu@hanbit.co.kr

지금 하지 않으면 할 수 없는 일이 있습니다.
책으로 펴내고 싶은 아이디어나 원고를 메일(writer@hanbit.co.kr)로 보내 주세요.
한빛미디어(주)는 여러분의 소중한 경험과 지식을 기다리고 있습니다.

제품명 감정을 안아 주는 말 따라 쓰기　**제조사명** 한빛미디어㈜　**제조년월** 2025년 2월　**대상연령** 8세 이상
제조국 대한민국　**전화번호** 02-336-7129　**주소** 서울시 서대문구 연희로2길 62
주의사항 책의 모서리에 다치지 않게 주의하세요. *KC마크는 이 제품이 공통안전기준에 적합하였음을 의미합니다.